JN156254

歌集

裸眼で触れる

松本典子

短歌研究社

裸眼で触れる　目次

装幀　舩木有紀

裸眼で触れる

I

たわわの桜

そらのみづ掬びて咲《ひら》くさくらばな伽藍のひさし朱きに映えて

ちさきちさき光めざして舞びとの影おほきかり背後のかべに

しめり帯びてふくらむ心の稜《かど》きみが湯ぶねに読める『山家集』かな

さくらさくら舞ひ来る窓べはめること無くて止まれる腕どけいにも

まがふなき顔持つものと箸を止むふくらかなわが母のたまご綴ぢ

さくらばな数ふるおもひ文字ちさきバスの路線図母に説きゐて

さくらふぶきに紛れてビラを差し出さるわが街に霊苑はいらぬと

さくら普《あまね》く降るなかひとは画すなり生きて棲むところ死して棲むところ

われの眼をとぢれば逝きしひとの眼がひらきて仰ぐこのさくらばな

そらに舞ふ桜　こころはわたくしの体こそせまき囲ひとわらひ

あふぎ見るたわわの桜すべての歯こぼれるまでに母は生きて来て

こゑは飛び

さくらばな降るそのかなた神坐《ま》すとふりあふぐ舞扇をさだめ

＊能「桜川」

水をくもらす桜はなびら手でさらひ浚ひてさがす愛《は》しきおもかげ

わが子いづこ、いづこと狂ひ舞へば萌ゆ衣のさくら扇のさくら

二〇一一年三月一一日　東日本大震災

春まひる　観客、役者、スタッフを揺さぶる地震《なゐ》に開けられぬ幕

きみの無事ショートメールに確かめぬ避難のひとに毛布くばり終へ

なゐの夜を歩むひとの群れ　くつきりと逢ひたき気持ち　テレビは映す

ブラインド降ろし会議のつづく夜「電気のむだ遣ひ」といふ声避けて

みづを汲みいひを炊く電気にまさるもの答へられず劇場は閉ざせり

いのちとおもふ舞台をわれはおほなゐの揺れに奪ひき役者きみから

ふりむかず次の役へと向かふやうなひと見送りて改札に冷ゆ

ゆれやまぬこころ鎮めて舞ふつよさわれにあるかと稽古にむかふ

ひともとの扇手にある幸ひを噛みしめて舞ふ余震つづくなか

日々《にちにち》のひのきの湿り、反り、照りを足袋に判じて踏みいだす舞

冷えびえと受けとめて舞ふだれもゐない客席に坐すものたちの眼を

さくら咲きわれは舞ふのみだれもみな代役のきかぬいのち生きゐて

わが舞に芽生えくる意志「つかまへて放すな」といま師のこゑは飛び

たまゆらの虹

止まつた時計いくたびも見るかなしさよ地震《なゐ》のあと電池替へずにおきぬ

右ひだり違ふスリッパに足を入れ歩めるやうな地震に酔ふ日々

もうソファにわが犬はゐずそらいろの首輪まあるい空虚をいだく

かなしみの行く先おもふ弔ひの後のびすぎた爪をながめて

こころまで壊されまいと籠る日のそれでも雛罌粟ひらく卓のうへ

「につぽんをひとつに」百花たはやすく束ねゆく手をあやぶみて見つ

両の手をひらめかせ〈ここに壁〉といふパントマイムす誰もこころで

手のことば眼のことば読めぬ観衆に黙《もだ》ふかめゆくパントマイミスト

ひといきれに車窓くもれば拭くゆびの駅たしかむる耳とほき祖母

春の塵モップで拭ふひとありて黄を取りもどす点字ブロック

みづを空へ奔《はし》らすまいとうぶすなの雲龍がにらみ利かすわたつうみ

おほつちは揺れやまず揺れけふ友の蓋して来たるなやみ聴きゐつ

風のうはさが鎖《とざ》せるレストランのなか幼ともだちはレシピ繰りゐつ

「ふるさとを除染するため」食べるため原発へ向かふひとバスに消ゆ

ひと文字も抱かぬうちに海ばらへ消えてゆくまつさらな紙の群れ

かなしみを霽《は》らす熱もて咲く藤のむらさき濃ゆきはなぶさの呼吸《いき》

ひぢを笠におほつぶの雨くぐり来てあざやかな虹に出逢ふたまゆら

ディテール

赤き傘ひらけば秋はいそぎ脚もみぢの色の塗りのこし見ゆ

わが胸の父ちがふ顔もちはじむ逝きて十年の銀杏舞ふなか

金いろの小びとらの影わがめぐり跳ねて近ごろわすれもの増ゆ

たて琴を奏づるやうに窓ガラスみがけば深し秋のあをぞら

かぼちやパイ、和栗のタルト、迷ひ多き秋は胃ぶくろ三つ四つ欲しき

ジャスミンの小花散り敷く径《みち》におもふ子ども時代の香る消しゴム

いつよりか飛ぶゆめを見ずデパートの屋上に小さきヒコーキは錆び

お風呂場の網戸にしろき腹みせてヤモリ温もりゐる秋の果て

見まはせば生きかた無限にあるやうなハンコ屋にわが姓ひとつを選ぶ

改名とふ罰ありむかし広虫を狭虫《さむし》、清麻呂を穢麻呂《きたなまろ》とわらひ

もはや子は授からぬだらうふたつのみ残しグラタン皿捨つる秋

書き上げてなほディテールを書き加ふる感に詰めゆく君との日々を

たがひの眼みつめ続ける意志こそが絆とおもふ秋かさね来て

蜥蜴

めまひかと眩《くら》めばひらめく蜥蜴にてポストの蓋をまたひらく夏

アスパラのわき芽摘みつつ朝かげに考へすぎる母とかたらふ

みづからの実りを問うてうな垂れるみづほかセシウム検《けみ》さるを待ち

放射能は見えざればひたに美しき銀杏《いちやう》もみぢと眺むるゆふべ

いちやう黄葉《もみぢ》にのこる青さを際立たせ雨の落とせる放射能はも

喉のいたみ続くもふあん放射能汚染マップのかたすみに生き

泣いてゐるやうな実験うさぎの眼あかく浮かび来《く》シャンプーのとき

手のひらに弄《あそ》ぶコインのおもて裏けふを始めるバスを待ちつつ

ひなどりら発ちて静まる百舌鳥の巣に孵れなかつた卵がひとつ

四十歳《よんじふ》の乾いた坂をゆく枯れ葉　消息を絶ちたる友もゐて

アルバイト、派遣、非正規呼称のみ変はりて友は酒に呑まれつ

吸ひ取り紙に移るくらゐの悲しみもわかち合へずに友をうしなふ

身を離れゆくもの流れ寄するもの巖のごとく坐す「鵺」のシテ

水鳥のぢつと瞑れる寒波来てひとまはり縮むジャケットのなか

放射能をふくむ雨かもま夜なかに傘しづくする玄関のすみ

キャスターはこゑ変ふるなく首都圏の放射線量告げをりけふも

きのふとけふは違ふから街へ部屋干しのシャツの匂ひに腕くぐらせて

それが知と雪降れば眼をつむりたり正答のなき世に堪ふるため

Ⅱ

秋のハモニカ

手のなかに楽《がく》をもちたき秋の日よ冷えしハモニカくちびるに当つ

担架の脚たたみて蔵《しま》ひ蜻蛉のごとくドクターヘリ嶺に消ゆ

すすき野に母置く思ひリハビリの両手向き合ふきつねに化けて

わが老いの日にサインする子はなくて肌さむし母の入院手つづき

壁のいろやソファの張り地選ぶやうにデザイナーベビー生む世のしぐれ

代理母なりし女《ひと》の眼しづか　わづかなる農地と中古のダットサン買ひ

遠からず奇貨と呼ばれて籃《かご》に揺れむ遺伝子組み換へではない子ども

せめて最後はそばにゐたいと職を退く友よ　黄落に母を看ながら

わが胸の掛け金ゆびで外すやうに君は笑まひぬ銀杏葉を浴び

いのちを孕み育むこはさ身にひそめ秋はじまりの手帖ひらきぬ

ちさき嘘いらぬ気づかひ溜めにため或る日砕け散るかなしき母は

天の窓から文字がつらなり胸に入《い》ると母はまぼろしの文字おそれゐつ

王様の耳はロバの耳　せん妄の母がくちばしる秘めしさびしさ

ほんたうの母を知らずきひとりゐの憂ひこんなに拗《こじ》らせるまで

冬日和　適《あ》ふまで薬といつしんに闘ひて母のちひさな背なか

まるく開《あ》いた母の口かなし親鳥のやうに匙にて粥はこぶとき

冬陽溜まるベッドにちんまり坐す母は球根のやうで快復を待つ

この歳まで母まかせで来しおせち料理きぬかつぎの皮剝きながら思ふ

おとろふる母の手ぢから、眼をおもふ雪の夜　鍋を洗ひなほして

母といふ忘れもの医院にありて除夜の鐘とほく聞くもうはのそら

ふるさとは水仙の香に満つる春ことば忘れてゆく母つつみ

つけまつげ

きらきらと世界をおほふ雪の窓ひらけば一瞬バニラの匂ひ

春まぢかわれも芽吹かむめざましの秒針の音ちから溜めゐつ

ひと呼吸ジンチョウゲの香をめぐらせてまた歩むとき伸びるふくらはぎ

生え変はる鳥のおもひに髪そげば空気をはらみ飛べさうな春

木香薔薇あふれるフェンスに寄りゆきぬその家に棲むひとは知らずも

ごはごはと肌擦り吹くまあたらしいリネンのやうな初夏の汐かぜ

むかし生糸いま観光にわき立ちて青葉に煙る工女たちの影

糸ひきの工女のちひさく勁《つよ》きゆび風となり旧《ふる》き器械を鳴らす

湯気に汗ばむ工女しのべば製糸場みやげ「シルクの飴」の酸つぱさ

つけまつげ似合はぬ友よマヌカンを辞めるその日も泣きわらひして

みづみづと洗はれし萵苣《ちしゃ》の葉のやうな夏さみどりの傘を巻き閉づ

老ゆる眼や耳にとまどひ青梅雨のドクターショッピング繰りかへす母

ひとり棲む祖母、母、わたしビニールの編み紐にもう提げ得ぬすいくわ

音はながれ音はすべりゆく子どもらに祭り太鼓のばち大きくて

汐に焼けてこんがり赤茶いろの友ちがふ人のやうに笑ふ夏やすみ

星空の譜

星空の譜はあらはれぬ「紙」といふきみに差しだす手帖の罫に

その睫毛を目守《まも》りつきみが彗星のごと生《あ》るる譜を書きとむるまで

炎天を駆るきみが見ゆデイパックひらけば熱気むんと圧《お》しきて

ひとむらの繁みをめざし夏の陽に照らふ金《かな》へび貨車のにほひの

まだ恋を知らざる少女ハート型の鱗のやうなレギンスで笑み

素のこころ芽ばゆ夏には麦わらに漆黒のリボン太きを結び

一朝の夢にあなたと逢ふふしぎ白木槿に斑《ふ》の蝶とまりゐて

たちのぼる香をおもはせて舞へと言ふゆふがほの扇ひらくとき師は

「夕顔」を舞ひて知る夏はだけたる胸もとに汗のつぶ生まれゐて

シテの呼吸だれより知りて虫干しの箔《はく》、唐織《からおり》をひるがへす風

逃げ場なき暑さのなかにペン握るひとゐて美《は》しき手紙がとどく

ななめ向きかどかど剝がれゐる切手　きみの命の速度とおもふ

きみの眼の翳りみるのみ手のひらの鍵はかたちを成さぬままにて

ひまはりの日に向かふ夏くちづけで汚《けが》せぬ愛をこころに秘めて

海を孕む

ティーカップ空へ差し出すやうに咲くオレンジの斑紋《はんもん》しるきユリノキ

初摘みの茶葉の香あをく切れのよい稚《わか》さにれかむダージリンティー

まちがへて誰を包みて去《い》にし傘　昼グリル　春の雨も上がつて

バスソルト〈りんごの香り〉に手を伸ばすこと減りて身は初夏へうつろふ

発車ベル、車両の軋み、アナウンス響《な》る駅にひとばかりが静か

赤々とつつじ群れ咲きツイッターに飛び交ふことばの声を知らない

ひとにより異なる角度、筆づかひ見せて描かるトルソーひとつ

「月まで」と君が笑ふから栞ひも挿す隙《ひま》もなく翔けゆく想ひ

ひらきたる手帳から蝶が、 ひとひらの切手がアスファルトへ舞ひ降りつ

いちまいの扉とおもふわがからだ君のこゝろ青く吹き抜けるとき

ボンネットに弾《はじ》ける驟雨くぐりきて君の蹉跌がひかる海に会ふ

潮の香をついばみて濃き鳶の影われの素足をめぐり発ちたり

なにもかも言葉で告げて来る君のまつすぐな愛わかる　いまなら

海を孕むゆめから覚めて寄せかへす潮騒　君の呼吸を聴きぬ

画鋲

そらへ続く踏み段のやうに咲き継ぎてあをく錆びゆく秋のあさがほ

かもめ舞ふ図がらの透かし編みありてブラインドにかげる都市といふ海

だれも舵を取れぬ船のうへ風はあなたが征きし日に似てゐます、お父さん

父は夜ごとわづかな酒に酔ひつぶれ、…それでも侵略は無かつたといふのか

この世ならぬ父へのてがみ投ずれば海霧生《あ》るべしポストの底ひ

息絶えし蜘蛛のごとくに脚折りてビニールの傘地を吹かれゐつ

くにとくにの境を問はず降るあめのじつとりと膚にアジアをおもふ

土煙りをあげて斃《たふ》れ伏すいのちから奪ひし象牙にみ仏は彫られつ

うつくしき牙もつゆゑに殺されし象のいななき揺らすイヤリング

唐楽《たうがく》や高麗楽《こまがく》ゆたかに響動《とよ》もせりこの国はむかし操舵に長けて

あかき袖むらさきの袖うち交はし雅楽はアジアの風呼びゐたり

謡本に譜のよく似れば横抱きの南琶《なんぱ》いまにも奏でられさうな

楽器、舞、詩歌を搬ぶトラックで楽屋口けさも港のにぎはひ

二〇一二年秋、尖閣諸島問題により日中関係が著しく悪化

「梨園戯《りゑんぎ》」の来日ならず画鋲の跡ひろげぬやうに剝がすポスター

「ネトウヨ」と腰砕けなる呼びかたの右傾化こはし都知事選果て

タイムマシンが無いなんて嘘あつけなく戦する世に戻つてしまふ

ふゆぞらに冴えわたる月見るわれを捉へてうごく監視カメラが

声にするな言葉にするなとわれの指かじかませ街を吹きすさぶ風

ひとつひとつ聴きゆく音いろ凍てついた冬の星座にゆび載せながら

サクソフォン止むとき尾びれひるがへし去る巨影見ゆドルフィン・ダンス

船渠

ジェット機の翼ひからす雲海に地表を濡らす雨をわすれつ

禁教令のなか冬至と称してクリスマスを祝つた出島のオランダ商館員たち

「よかよか」と是も非もひろく受け容れて阿蘭陀冬至《おらんだとうじ》にむかふ坂のまち

丸焼きの鶏の模型に埃つもりカピタン屋敷の食しのばせぬ

ビリヤードは商館員たちの数少ない娯楽だつた
ちさき出島に歩は狭まりてなぐさみの球戯ボランティアガイドに習ふ

旅に来てまた君の眼をさびします孤独に包まれたがるわたしは

ながさきの煌めく夜景まつくらでは眠れぬといふ祖母の窓うかべ

おほははを訪《と》ふ施設への山の道ながく姥捨のおもひ過りつ

ゆり咲きのチューリップと思《も》ふおほははの関節炎に反りかへるゆび

赤ん坊に返るかなしさ言ふ祖母の艶やかにあかき頰、薄きまゆ

だれの眼にも触れざりし句誌書架にならび祖母三十年の孤独をおもふ

破り棄てしページが祖母にありて夏いなびかりせり句誌たどる手に

からだとふ獄をおもひぬ湧きあがる詩を書き留むるちから無きゆびに

祖母の眼鏡に貼りつく指紋この世への絆のやうで拭ひかねゐつ

おほははの心臓をめぐり溜まる水　ゲリラ豪雨にだぶる夏の暮れ

夜の縁《ふち》この世の縁とおそれゐて祖母はあかりを消さぬまま臥す

おほははが最期の甕に活けられし山桜おもふ春めぐるたび

からつぽの船渠《せんきよ》のやうな両の腕あなたのゐない時空へのばす

ラベンダーの香り土壌に沁みつきて花殻抜けば立ちかへる夏

向日葵のみなぎる黄いろ夏真昼ひかりも影も身ひとつに浴び

みかん畠見にゆき命落としたる曾祖父はそれを原爆とは知らず

雲はおほきく秋へうごきぬ緑いろの蟬ひとつ径《みち》のまなかに置きて

つぎの帆を張らむと風をよむ夜あけ陸《をか》に上がりし船乗りの眼で

Ⅲ

わたしへの旅

ビニールの傘に描《か》かれし街路図を仰げば夏の空ゆく想ひ

さみどりのセロファンのやうな葉かげにて雨隠《あまごも》る繊《ほそ》きかまきりの見ゆ

おとがひが首長族のやうに伸び十一歳《じふいち》の甥はバランス無視して育つ

アスパラを露筍《ルウスン》と呼ぶこころかな炎昼の街にドライミスト浴び

赤き青きひとの移り気日々まとひマネキンのチワワ雲を見てゐつ

背泳ぎの耳から水に呑まれゆく夢さめて夏の雨を聴きをり

さかしまに振りたき疲れ　砂どけいの括《くび》れわたしの頸におもへて

意思のまま進めと手紙来る夏の薄暮に浮かぶ月、生成《きな》りいろ

いちばんの謎いつの日も白地図をひろげて向かふわたしへの旅

秋へむかふ影ふくらます白緑《びやくろく》のゐんじゆ日傘にこぼれるを聴き

染め抜きののれん濃藍《こいあゐ》こだはりの品書きは「鴨南蛮《かもなんばん》」と「かけ」のみ

粉つぽき新そばの香の指紋ある木ふだは揺れて〈仕度中〉なり

白き夢のやうに蕎麦のはな咲きみちて深まりてゆく秋の呼吸は

すつと斜めに飛び去るさまが蜻蛉《せいれい》に似てＵＦＯを待つ秋のそら

山茶花の熱もつやうな赤ら顔におもふ彼《あ》のひと此《こ》のひとの風邪

笑ひとふ企みごとに悶え逝きし枝雀、三木助おもふ四十路過ぎ

パウダーをまぶす手やがて雪しまくあら野を見する鏡のなかに

いま友はがんと闘ひゐて蒼きまゆ描くとおもふ朝のかがみに

いつかきみに生きるちからを貰つたからこんどはきみに渡したい　手で

かじかんだ指に吐く息しろき友のうちつづく寒期へ　おくる手ぶくろ

海ばらに映ゆ

群れだちて終《しま》ひ漁《れふ》へとゆく船の青き旗あをき海ばらに映ゆ

冬日和　くるまが風邪を引くからとやはらかく止《と》む子の水あそび

ほんもののうさぎとなつて旅立つ日おそれつつ子の抱くぬひぐるみ

冬ぞらの何処かぱりんと割れた気がして朝影にひろふ霜ばしら

はつ霜の白く降りたる葉ぼたんに濁りゆく母の視界をおもふ

とびとびに縫ひ目の開くまつり縫ひおとろふる眼を母は云はずも

ひとりゐの母に肥大しのしかかる夜のつよき風、空き巣のうはさ

爪立てておほき果実を剝くやうな元朝にしろき菊花ひらけり

あらたまの春にねがひの向《むか》ひ鯛《たひ》ちひさく飾るマンションのドア

世辞ひとつ口にできぬ師へ認《したた》める赤いつばきの寒中見舞ひ

君について語ればわれを語るやうな羞《やさ》しさに締む梅の染めおび

紺青のリボンを胸にむすぶとき選ばなかつた夢にほひ立つ

四ツ谷へとわれを追ひ越すかぜ寒くひび割れて鳴るソフィアの鐘が

母となりし日の母おもふ手ぶくろの裡《うち》にじいんと冷ゆる指もて

責任感ゆるりとほぐれ顔はんぶん白きマスクに覆へばねむし

iPhoneを爪弾くゆびの優しくてわれ勝ちの世界すこし忘れつ

市松

はぐれたる半身のやうにおひなさま集むる母よ戦時にうまれ

形代をもたずに生きて七十歳《ななじふ》のふしぶしいたむ母も平和も

わたくし似いもうと似なる市松をならべて母のひとり居しづか

桃のはな咲くたび秘みつ聴いて来し享保雛のすずしき笑まひ

さびしさを言はず嘆かずをみならの春はあかるし芹よもぎ摘み

磁界をまとひ

最後から最初のページへ繰るゆびの焦燥に覚む四十路ゆめから

わが子とふ男《を》の子の鼻すぢ懸命に覚えてゐたり青梅雨の夢に

手触るれば壁しつとりと潤みゐて入梅を告ぐ朝のめざめに

みどり濃き羊歯おもはせて梅雨のわが腕しつとりと傘かしげ行く

生み忘れゐし子のごとく梅雨葵ぬつと現る乳ぶさのまへに

奔放の性《さが》見るやうで切りはなす梅雨の深みにうねる癖毛を

あぢさゐの藍ふかまりて今日ひとつ歳を取る母ひとりの家で

伐つても伐つても孟宗竹つよく生えてくる庭おそれつつ母は老いゆく

夏が炎《も》ゆ　みづ溜まる膝うごかせぬ母を子どものやうに泣かせて

同極の磁界のやうな愛を身にまとひ触れ合へぬ母もわたしも

みづからの理想にとらはれゐて母のかがみは初夏の陽射しをかへす

やせながら再び白き香をはなつ石鹸よ　母のかなしみ吸ひて

火球からたてがみ、左右の脚にゆつと現れて馬へと変はれるガラス

まはだかで生まれしわれをおもふとき火のなか駈けてゆく馬の見ゆ

雨の日に咲けば雨しか知らぬまま朝顔は青き傘すぼめたり

ゆふだちを含める髪で逢ふきみの「風邪ひくな」と声タオルのやうな

ひとすぢの絃まもりゐつ胸の奥でいたづらに騒ぐ風からきみも

かなしみにこころ沈んでも沈めてもやがて身体から浮かぶ　おやすみ

鍵

まつすぐな春のひかり浴び沈丁花かたき萼のほぐれて咲《ゑ》まふ

『ルワンダの祈り』に顕《た》ちぬひとの傷みに触れるひと呼吸前のためらひ

＊後藤健二著

ジャーナリスト・後藤健二氏がＩＳＩＬにより拘束される

生還を祈る気持ちの尖りゆく「Ｉ　ＡＭ　ＫＥＮＪＩ」の言葉生まれて

オレンジの拘束衣目に焼きついて立ちすくむ燃える夕やけのなか

いくたびも淡雪の舞ふさむき春　志なかばのいのち絶たれて

わたくしに非は無いといふ驕りおぼゆ戦ではなくテロと呼ぶとき

「この素晴らしき世界」と歌ふサッチモの声の裏地をつたふ悲しみ

常夜灯になまめき浮かぶ無人駅の真つ赤なるチェア五つならびて

くづれやすき平和とおもふ白きショール巻きなほす手で胸をおさへて

銃をもつ子どもや空爆見て来たる太陽に逢ふさくら咲くけふも

朝もやのちひさな跳ね橋上げるやうにコンタクトはめ今日を呼びこむ

ぶつかりし瑕《きず》あまやかに匂ひ立つラ・フランス朝の影をまとひて

朝刊に聴きゐつシリア空爆に祖国を捨てて逃げるこゑ逃げられぬこゑ

いのち懸けで逃げるとき何を選ぶだらういづれも小さき難民の手荷もつ

シリアから逃れしだれもが持たぬ鍵ひかれりわが家のドア閉むるとき

たつたひとつの鍵をもとめてシリアから逃げる人たちいつまで何処まで

夜ごと舟から落ちる夢みて九歳のファティマがこころに掛けし鍵はも

「さびしい顔の大人になつてしまふよ」とくすぐりし母　黙《もだ》せるわれを

母といふ岸べはるかに離《さか》るわれ生まれし日から飛沫をあげて

船の窓かもめは白き腹みせていつまでも追ひ来る母のごとくに

かたすみに救命胴衣のあるキャビン紙一重なり生死はいつも

東京湾わたる距離にて向かう岸にギリシアを望む難民のまなざし

世界からジャパン難民と呼ばれる日おもふ原発稼働しはじめ

「原発は…」「だいぢやうぶです」と地震《なゐ》のたびキャスター報じ原発なくならず

びりびりと傘の張り地をふるはせて米軍機わが家路かすめ飛ぶ

＊厚木基地

わが街の空にオスプレイ飛びはじめ夏雲蹴つて逃げたし逃げられず

すり替へのやうな防音工事増ゆ「国からの補助」にこやかに謳ひ

いまは爆音やがて爆弾を防ぐためガラス窓売られむ国のすすめで

いつときの駐機のはずがオスプレイわが街を発たず蟬啼き果てつ

木枯らしの巻き上ぐる砂礫のむかう情報の死角となりゆくシリア

あらくさを払へば蜘蛛の子ら散りてシリア難民に来る冬おもふ

ストーブの火にふかまれる冬の黙《もだ》ときをり薪のはぜるを聴きて

火のいきほひ失せれば薪をくべる手のありてシリアに止まぬいくさは

見るのみの砲煙と瓦礫ツイッターの小さな窓にアレッポを呼び

「空爆をやめて」「生きたい」と希《ねが》ふ声タイムラインに並ぶ ＃Aleppo

アレッポをシリアを忘れるなの叫び　いのちを奪ひうばはれて消ゆ

アレッポの惨状をツイッターで発信しつづけた少女

本を読んでゐます。爆撃を忘れるために。バナといふ少女のつぶやき胸にこぼれつ

わづかなる野菜育つる少女の向かう青ぞらと崩れ落ちし建てもの

抜けた乳歯を枕の下に置くと「歯の妖精」がコインと交換してくれる

はにかみて歯の妖精を待つ少女あすの見えないアレッポにゐて

こどものゐない瓦礫のまちに降りたちて冷えをらむ赤きサンタのせなか

ひといきにキャンドルの火を吹き消せばくらやみに生《あ》るつぎの戦火が

Ⅳ

休眠打破

春を呼ぶしとやかな雨にうるほひて手に重るけさの目覚めの髪は
やはらかな白のブラウス選びゐる朝はあやふし疲れのサイン

あわてん坊の友おもふ　駅の階段に赤き片手ぶくろ落ちてゐて

〈保育園落ちたの私だ〉プラカード持つパパはゐず泡雪が舞ふ

ひとに子を委ねてはたらく十三時間長すぎないかと憂ふ保育士の友

かぎつ子のわれに懐かしき母の味ロールキャベツの固形コンソメ

はたらく女性の四人にひとりが流産といふトピックに思ひ出すひとり

こじらせた風邪にマスクし顔はんぶん知らぬ間に去る派遣スタッフ

わたしにもあつたと思ふこどもより今はしごとと決めし若さが

キーボード打つ音たかし今日の僚友《とも》つはりに頰をこけさせながら

残業も通勤ラッシュも避けていい　おかあさんの代はりはゐないのだから

あるきやすい路が次第にわかるといふ課長はまつば杖を小わきに

トト、トッと頭《づ》を振る啄木鳥ひたぶるに去年と変はらぬさくらの幹で

うつくしく咲くための寒さ頰に受けひといきに休眠打破するさくら

ガリレオの素描

ふつくらと金木犀の香は満ちて行き交ふひとの影くゆらせぬ

ちかづけば木犀の甘き香は失せてここに居るのにゐないあなたも

きみに手紙を書きおくる距離なくなりて秋の机上を照らすともしび

なかぞらにＬＰ盤の溝のやうな巣をゑがき蜘蛛は風を聴きをり

音階をたどる秋の夜マンションの点れる窓にゆびを宛てがひ

あなたがわたしの身に沈めたる旋律がひらくよ白きすいれんとなり

ガリレオの精緻な素描さびしみて夜ぞら仰げり月のおぼろを

もろうでに輪廻を抱いて山姥がめぐる山また山のつきかげ

とうめいな霧にまぎれて運命はかたはらに坐す声をひそめて

おもざしを鋭《と》くし稽古を重ねゐむまことの「山姥」舞ふべくきみは

一生にいちどの秋を綴ぢてゆくぎんやんま尖《さき》のやぶれし翅で

いちまいのチケットに未来ひそませて渡されぬきみの汗のにほひを

いまはなき星の影さす銀漢に舞はな世阿弥の夢のつづきを

裸眼で触れる

宙吊りの車輪ひかれば恐竜展めぐるがごときサイクルショップ

そらいろに君はサドルを換へながら謎だと言へり恐竜のいろ

自転車をパーツから組むやうな愛たがひをカスタマイズしながら
ダイレクトメールの封すら切れぬ日よわたくし宛ての声にふさぎて
やくそくは羞《やさ》しくて逃ぐわがために開かれ繰られゐる手帳から

喝采のゆめ追ふやうにジャグラーは突然の雨あふぎ見てゐつ

われの掌《て》にきみが降らせるＦＲＩＳＫ《フリスク》の白きふたつぶ雪待つ駅で

白き冬　きみの愁ひにまぎれ込みきみの香吸ひてもどる手ぶくろ

いまはひとり蕾《つぼ》めるきみと確かめて春待ちぬまた手ぶくろを嵌め

つばさとおもふクロスバイクを停めていま裸眼で触れる雪匂ふそら

春の体幹

冬の窓べに置かれしめがね降りさうで降らない雪の予報に冷えて

おもひがけぬ火照りに気づくこめかみを眼鏡の蔓はひんやりすべり

おもてに傷を受けつつ氷るみづうみの底ひにてなほ揺れやまぬみづ

わが胸のページいちまい切り取つてきみへ手わたす題は告げずに

つのる想ひ瞳の奥に探るやうなきみを逃れて仰ぐさくらばな

ちぐはぐな時をにれかみ別れ来つ言ひそびれ聞きそびれてけふも

まつさらな画布《カンバス》ではもうないふたり塗りなほし塗りかさねる日々を

尻尾のやうな革ベルト巻くほんたうは黒猫が化けてゐる腕どけい

ＵＦＯが飛び去りしやうな国立競技場址にぽつかり富士あらはれぬ

こはさるる団地に昏き窓ならぶ照明の落ちしスタジアムに似て

ここで夏浴びし花火もオリンピックまでに消え去る眺めのひとつ

手のなかに炎《ほむら》立《た》つ夢まもり来ついたづらに移ろふこの街でそだち

月やあらぬ春やむかしとくちずさめば耳の奥かさなり来るきみのこゑ

のぞきこむ井筒にひとつ面影は見えるのか見えぬのか舞の稽古かさねつ

*能「井筒」

手にこゑに滲むこころを鍛ふべし舞ふひたひから汗こぼれ落つ

つまづくと思ふ一瞬いつもそこにきみの腕ありて来たりここまで

つつゐつの大人びて零《ふ》るさくらばな奏でつふたり呼吸《いき》を合はせて

秘密基地教へてやると言ふやうなきみの眸《め》ことしも咲かせるさくら

春うらら渋谷の狭き坂をゆくCoca-Colaの赤いラッピングバス

漆黒のミニベロを駆るさくらばな咲きにほふ春の体幹となるまで

あとがき

前歌集『ひといろに染まれ』を上梓してまもなく東日本大震災が発生した。勤務する東京の劇場では今日、明日の公演を危ぶむ問い合わせへの対応に追われていた。頻繁に余震が起きるなか、本当に観客や役者の安全を守れるのか。次の揺れが大きかったら? 四日後にようやく「全公演中止」と決まったときは、正直ほっとした。翌日、いつ止まるとも知れない地下鉄で能の稽古に向かい、重いドアを開けた瞬間、響いてきた師の謡う声。非常時に平常心を保つことも稽古のうちと思い出す。扇が手にある幸いを噛みしめながら余震に気を取られぬように舞い、舞い終えてやや落ち着きを取り戻したものの、それから現在に至るまで、深い喪失感と不全感を拭えずにいる。

一方、世のなかには不穏な空気が漂いはじめ、父や祖母たちが体験した戦の匂いをはこぶ風を抗いがたく感じている。この間、邦人ジャーナリストの犠牲を契機としてシリア内戦にも関心を抱き、折に触れて詠い続けてきた。生きがたい時代を懸命に生きる人々の命のきらめきを、これからも見つめてゆきたいと思う。

＊

これは私の第三歌集である。前歌集上梓後の二〇一〇年秋から二〇一七年春までの作品のうち、三三八首を選び収めた。主題に重きを置いたため、構成は制作時期に関わらないものとなっている。フィルターばかり増え、人も真実も見えにくい時代にあって、裸眼で触れることを心がけたいという思いから名づけた歌集である。

＊

馬場あき子先生、岩田正先生には、歌について生きかたについて、つねに惜しみなく厳しく温かくお教えいただいてきた。その頼もしさにいつまでも甘えの抜けない私だが、師と仰げる人のいるありがたさをいま改めて感じている。

装幀に関しては、第一・第二歌集に引き続き、舩木有紀氏に一切を委ねた。最も旧い友である彼と、お互いの成長を確かめ合えることを歓びつつ、どのような装幀を施してくれるか愉しみに待ちたいと思う。
出版に際しては、「かりん」の田村広志氏、「短歌研究」前編集長の堀山和子氏、同編集部の菊池洋美氏にお力添えいただいた。深く御礼申し上げる。

*

この歌集が遠く、遠くまで届くことを祈って。

二〇一七年六月

松本典子

著者略歴

松本典子（まつもとのりこ）

一九七〇年、千葉県生まれ。早稲田大学卒業。一九九七年より作歌を始め、同年「かりん」に入会、馬場あき子に師事。第二〇回かりん賞、第四六回角川短歌賞受賞。歌集に『いびつな果実』（第四回現代短歌新人賞受賞）、『ひといろに染まれ』。現代歌人協会会員。日本歌人クラブ会員。

検印
省略

かりん叢書第三一九篇

平成二十九年九月一日　印刷発行

歌集
裸眼《らがん》で触《ふ》れる

定価　本体二〇〇〇円
（税別）

著　者　松《まつ》本《もと》典《のり》子《こ》
発行者　國兼秀二
発行所　短歌研究社
郵便番号一一二―〇〇一三
東京都文京区音羽一―一七―一四　音羽YKビル
電話〇三（三九四四）四八二二・四八三三
振替〇〇一九〇―九―二四三七五番
印刷者　研文社
製本者　牧製本

落丁本・乱丁本はお取替えいたします。本書のコピー、スキャン、デジタル化等の無断複製は著作権法上での例外を除き禁じられています。本書を代行業者等の第三者に依頼してスキャンやデジタル化することはたとえ個人や家庭内の利用でも著作権法違反です。

ISBN 978-4-86272-545-5　C0092　¥2000E
© Noriko Matsumoto 2017, Printed in Japan

短歌研究社　出版目録

*価格は本体価格（税別）です。

文庫本	馬場あき子歌集	馬場あき子著		一七六頁	一四〇〇円	〒一〇〇円
文庫本	続馬場あき子歌集	馬場あき子著		一九二頁	一九〇五円	〒一〇〇円
歌集	飛種	馬場あき子著	A5判	二五六頁	三一〇七円	〒二〇〇円
歌集	いつも坂	岩田正著	四六判	一九二頁	二五〇〇円	〒二〇〇円
歌集	和韻	岩田正著	四六判	一八四頁	二五〇〇円	〒二〇〇円
歌集	サラートの声	伊波瞳著	四六判	二〇八頁	二五〇〇円	〒二〇〇円
歌集	宙に奏でる	長友くに著	四六判	一六八頁	二〇〇〇円	〒二〇〇円
歌集	スタバの雨	森川多佳子著	四六判	二三二頁	二七〇〇円	〒二〇〇円
歌集	湖より暮るる	酒井悦子著	四六判	一八四頁	二五〇〇円	〒二〇〇円
歌集	二百箇の柚子	池谷しげみ著	四六判	二二四頁	二七〇〇円	〒二〇〇円
歌集	サフランと釣鐘	浦河奈々著	四六判	一九二頁	二五〇〇円	〒二〇〇円
歌集	地蔵堂まで	野村詩賀子著	四六判	二一六頁	二五〇〇円	〒二〇〇円
歌集	ダルメシアンの壺	日置俊次著	四六判	一七六頁	三〇〇〇円	〒二〇〇円
歌集	光へ靡く	古志香著	四六判	二二四頁	二五〇〇円	〒二〇〇円
歌集	翼はあつた	四竈宇羅子著	四六判	一八四頁	二五〇〇円	〒二〇〇円
歌集	月曜と花	土屋千鶴子著	四六判	二〇八頁	二五〇〇円	〒二〇〇円
歌集	落ち葉の墓	日置俊次著	四六判	二四〇頁	三〇〇〇円	〒二〇〇円
歌集	地下茎	鈴木良明著	四六判	一六八頁	二五〇〇円	〒二〇〇円
歌集	透明なペガサス	田村奈織美著	四六判	一七六頁	二五〇〇円	〒二〇〇円
歌集	野うさぎ	舟本恵美著	四六判	二三二頁	二五〇〇円	〒二〇〇円
歌集	百年の雪	篠原節子著	四六判	一六四頁	二五〇〇円	〒二〇〇円
歌集	真珠層	梅内美華子著	四六判	一七六頁	二七〇〇円	〒二〇〇円